무릉리 이야기

무릉리 이야기

김숙희 지음

무릉리에서

내가 이사 온 곳은
산과 강이 굽이굽이 흐르는 마을입니다.

아침엔 강 안개가 산을 감추고
낮에는 산 그림자 강에 눕지요.

강아지는 아침부터
자다 깨다 하품하다 기지개 켜고
새파란 하늘에 뽀오얀 별이 돋으면
개구리가 오골오골 울어대지요.
그래도 세월은 흘러
봄은 강을 따라 흘러오고
가을은 산을 타고 달려갑니다.

아, 그런데
강이 얼어 멈추고
소복소복 눈이 내려

온 산천이 새하얗게 덮이면
난 창가를 서성이며
사람을 기다립니다.

그러다가 빙청의 밤에
문풍지 울면
긴긴 추억의 편지를 씁니다.

그리운 이여.

지금은 누런 보리밭에 앵두가 붉어
앞산 뒷산 뻐꾸기 해길다 울고
암탉 마저 알을 품어 텅 빈 마당에
장미만 미친 듯이 타고 있습니다.

차 례

산 그림자

이따금 심심한 개가 멍멍 짖어 보다가
가끔씩 달을 쳐다보고 우—웡하고
늑대 흉내도 내지만
무릉리는 산 그림자를
이불처럼 폭 덮고
아침까지 쿨쿨 잠을 잡니다.

산 그림자

무릉리는 동네 한가운데로 조그만 개울이 있습니다.

그 개울은 북쪽 산에서 나와 남쪽에 있는 금강으로 흘러갑니다.

개울 동쪽과 서쪽은 똑같은 모양으로 논이 조금씩 있고, 논 옆에는 산으로 이어지는 밭이 있습니다. 그 밭 끝에는 집들이 드문드문 앉아서 개울 건너에 꼭 그 모양으로 앉아 있는 집들을 건너다봅니다.

그 집들은 모두 뒤란에 산을 하나씩 가지고 있어서 마치 산 주인집처럼 당당하게 보이기도 하고, 산지기 집처럼 외롭고 쓸쓸해 보이기도 합니다.

그 집에는 대개 노인들이 살고 있는데 할아버지들은 태어난 그 집에서 살고 있고, 할머니들은 대부분 마주 보이는 마을에서 태어나 개울 건너로 시집 와서 50년 60년을 살고 있습니다.

노인들은 새벽잠이 없어서 해도 뜨기 전에 일어나 날이 새기를 기다립니다.

라디오를 켜고 일기예보도 듣고, 농사 정보도 듣고, 세계 뉴스도 듣습니다. 그렇기 때문에 삼 십리 밖에 있는 공주에도 닷새에 한 번 서는 장날에나 가지만 하늘과 땅에서 일어나는 일들을 훤히 압니다.

  "엘리뇨 현상 때문에 기상 이변이 일어났고……"

  "우루과이 라운드가 어떻고……"

  "아이엠에프가 어떻고……"

  "이라크 사태가 어떻고……"

그래서 할아버지 할머니들은 마을 회관 마당에서 윷을 놀 때도 세상 이야기를 합니다.

새벽이 뿌옇게 밝아 오면 낫이나 괭이 한 자루 들고 들로 나갑니다.

안개가 금강에서 무럭무럭 피어올라 개울을 따라 마을로 들어와서 논이고 밭이고 온통 뿌옇게 뒤덮고 산 고랑이를 이리저리 몰려 다닙니다.

보이는 듯 안 보이는 듯 침침한 들로 나가면 밤새 내린 이슬이 발등을 다 적시지만 그래도 마음은 시원합니다.

졸졸졸 개울이 맑은 소리를 내고 어디선가 삐이삐이 새가 울고 푸드덕 산비둘기가 날아갑니다.

우렁우렁 털털털 낡은 시내버스가 마을로 들어오면 이 골 저 골에서 비누 냄새 폴폴 나는 아이들이 재잘재잘 떠들면서 뛰어 나옵니다. 온종일 아이들은 그림자도 보이지 않지만 새벽이면 많이도 나와 버스에 가득 타고 공주로 나갑니다.

버스가 커다란 느티나무를 돌아 아이들을 태우고 마을을 나가면 동산에서 해가 떠오르며 무릉리의 반쪽을 비춥니다. 서쪽 산아래 앉아 있는 집들을 햇살을 받아 환하고, 동쪽 산아래 앉아 있는 집들은 아직 산 그림자에 갇혀 있습니다.

그러면 들을 어정거리던 노인들이 집으로 돌아와 아침상을 받습니다. 노인들이 조금 늦게 아침상을 받는 것은 학교 가는 아이들 도시락 싸는 며느리의 수고를 덜어 주려는 뜻도 있습니다.

하얀 쌀밥은 앞 논에서 난 쌀이고, 거기에 드문드문 놓인 콩은 그 논두렁에서 난 것입니다. 구수한 된장국에 든 아욱은 옆집 텃밭에서 베어 온 것이고, 볶아 놓은 애호박은 뽕나무 아래서 따 온 것이고, 시큼한 열무 김치, 마늘장다리 무침에 어제 낳은 달걀 지짐도 있습니다.

밥 한 그릇 뚝 떠먹고 다시 집을 나섭니다.

어느새 동쪽 마을도 산 그림자가 사라지고 음—메 소가 울기도 하고, 멍멍멍 개가 짖기도 합니다.

박 첨지는 두 살 백이 손녀를 자전거에 태우고 집을 나섭니다. 얼마 전까지만 해도 손녀는 유모차를 탔는데 할아버지 자전거를 한 번 태워 주었더니 이젠 자전거만 타겠다고 합니다. 그래서 박 첨지는 요즘 쉴 새 없이 손녀를 자전거에 태워 주어야 합니다.

그런데 아기가 아직 할아버지를 꼭 잡을 수 없기 때문에 자전거에 태워서 슬슬 끌고 걸어다녀야 합니다. 아기가 떨어지지 않게 잘 끌고 다니려면 여간 힘이 들지 않습니다. 그래도 좋아서 입이 함박만큼 벌어지는 걸 보면 재미가 납니다.

"어이, 박 첨지!"
뻘건 잠바를 입은 사람이 자기네 마당에서 손을 흔듭니다. 그 집은 이 동네서 농사를 짓지 않는 단 하나 뿐인

집입니다.

그는 공주 시내로 아침저녁 드나들면서 이발소를 하는 사람인데 마당에다 온갖 채소 종류를 심어 놓고 농사짓는 흉내를 냅니다. 그리고는 자기도 농부라고 우깁니다.

'박 첨지'라는 별명도 그 사람이 지었습니다.

박 첨지는 밭 있어 그래 그래서...
그 밭에 오리 있거든 그래 그래서
예서 꽥 제서 꽥 예서 제서 꽥꽥..

처음엔 이런 노래를 부르면서 놀리더니 요즘은 아예 그냥 '박 첨지!' 하고 부릅니다. '첨지'라는 건 옛날 조선 시대에 있었다는 낮은 벼슬자리의 이름입니다. 그런데 이젠 없어진 벼슬이라서 그런지 '박 첨지!' 하고 부르면 괜히 촌 늙은이 냄새가 나는 것 같습니다.

"박 첨지가 뭐여?"

그랬더니 뻘건 잠바는

"버섯 박!"

하고 불렀습니다.

"무슨 박이라고?"

"버섯 기르니까 미스터 박 대신 버섯 박이지."

"그건 좀 듣기 저기 허네."

"싫음 인삼 길러. 그럼 인삼 박이라고 불러 줄게."

"에이, 그럼 그냥 박 첨지 해."

그래서 박 첨지가 되었습니다.

박 첨지가 손녀를 태운 자전거를 끌고 저쪽 냇둑 길을
한바퀴 돌아오니 아들과 며느리가 출근하는 차가 집을
떠납니다.

며느리는 회사에 다닙니다.

"엄마 빠이빠이, 내일! 안녕안녕요!"

손녀는 아는 말을 모두 하며 고사리 같은 손을 흔듭니

다.

며느리도 예쁜 얼굴을 창밖으로 내밀고 인사를 합니다.

　"아버님 다녀오겠습니다. 서영아, 엄마 갔다 올께.
　안녕! 할아버지 말씀 잘 들어!"

며느리가 출근을 하는 모습을 보면 박 첨지는 언제나
가슴이 뿌듯합니다.

　'저렇게 건강하고 똑똑하고 착한 사람이 내 며느리
　구나.'

아들은 아버지에게 아기를 맡기고 가는 것이 미안한지
허리를 굽혀 인사를 합니다. 아들은 다니던 회사를 그
만 두고 다시 대학원에 다닙니다.

　"아무리 생각해도 좀 더 공부를 해야겠습니다."

지난 겨울, 아들이 아버지 어머니 앞에 무릎을 꿇고 앉
더니 말했습니다.

　"제가 뒷바라지를 하겠습니다."

며느리가 말했습니다.

박 첨지는 오래 오래 생각에 잠겼습니다.

…   …

　‘나이 들어서 공부를 하려면 힘이 들텐데…… 학비
　도 많이 들텐데…… 아들이 회사를 그만 두면 며느
　리는 좀 더 회사를 다녀야 할 테고 그러면 아기는
　누가 보고 농사는 누가 짓나…… ’

걱정스러운 생각이 꼬리를 물었습니다. 그 때 박첨지
아내가 씩씩하게 말했습니다.

　“공부를 해야겠으면 해야지. 집 걱정은 말고 공부하
　거라.”

아내의 씩씩한 목소리를 들으니 이제 마음이 개운해지
는 것 같습니다.

　“그래, 사나이가 해야겠다고 생각한 일이면 해야지.
　집 걱정은 말아라.”

박 첨지도 시원스럽게 대답했습니다.

꺽꺽 산에서 꿩이 웁니다. 옥수수 잎새가 햇빛에 반짝
거립니다.

갑자기 손녀가 고추밭을 향해 손을 흔듭니다.

"함미, 함미."

고추 따던 아내가 손을 흔듭니다.

밭에서 일하는 아내를 보니 박 첨지는 미안합니다.

"여보, 나와서 참 좀 먹고 해요."

박 첨지는 몇 해 전에 교통사고
를 당해서 아직도 다리가
낫지 않았습니다. 그래
서 힘든 농사일은 아
내가 하고, 아기 보
기나 관청에 나가
서류 떼는 일, 그리
고 기계로 하는 일
은 박 첨지가 합니

다.

아내는 일손을 멈추고 얼른 집으로 가서 국수를 삶아 내 옵니다.

"참 드세요."

아내는 남편이 미안해 할까 봐 고추 따기보다 아기 보기가 더 힘든 일이라고 참을 권합니다.

"아저씨, 이리 와요!"

"아주머니, 이리 와요!"

길가에 앉으니 보이는 사람이 많습니다. 박 첨지와 아내는 보이는 사람을 모두 부릅니다.

강에서 바람이 개울을 타고 설렁설렁 불어옵니다.

"개울에 중투라지가 많던데."

"피래미와 모래무지도 있더구면."

"한 번 얼개미 들고 나가야겠네."

해가 하늘 가운데 오자, 일하던 사람들은 집으로 가고 하얀 왜가리가 사람 대신 논에 엎드려 일을 합니다.

마을로 들어오는 차도 없고, 나가는 차도 없고, 조붓한 개울 둑길은 하얗게 낮잠을 잡니다. 커다란 느티나무도 은행나무도 꾸벅꾸벅 졸고 있습니다. 산도 졸려서 개울에 눕습니다. 그러나 끊임없이 졸졸 흐르는 물소리에 귀가 간지러운지 고개를 살래살래 젓습니다.

갑자기 부—앙!
오토바이가 냇둑 길을 달려갑니다.
졸고 있던 무릉리는 깜짝 놀라 깨어나고 사람들은 낮잠을 깨운 망나니를 한 마디씩 꾸짖습니다.
　"저 녀석 또 학교에서 쫓겨났나?"
　"아니여. 졸업했대."
　"언제 철이 날꼬?"
여름 해가 아무도 모르게 천천히 하늘을 기어갑니다. 그래도 꽃들은 눈치를 채고 호박꽃은 오무라들고, 분꽃은 피어납니다.

어느새 해는 서쪽 산 가까이 다가가 산 그림자를 마을로 슬슬 내려 보냅니다.

아침 해가 먼저 뜨던 서쪽 마을은 서늘한 산 그림자에 잠기고 동쪽 마을은 저녁 노을에 빨갛게 빛납니다. 그러나 산 그림자는 빠른 속도로 개울을 건너고 논을 지나고 밭을 지나 동쪽 마을도 삼켜 버립니다.

… …

마침내 무릉리가 모두 산 그림자에 잠기고 별이 반짝반짝 빛나기 시작하면 개구리가 소리쳐 울어 댑니다.

사람들은 저녁을 먹자마자 텔레비전을 켜 놓은 채 잠에 곯아 떨어지고, 동쪽 산에서 소쩍새가 연설을 시작합니다.

"소쩍, 소쩍, 솥적다!"

서쪽 산 소쩍새도 목청을 높여 외칩니다.

"소쩍, 소쩍, 솥적소!"

"맞아요 맞아."

반디불이 날아가면서 반짝 반짝 신호를 보냅니다.

이따금 심심한 개가 멍멍 짖어 보다가 가끔씩 달을 쳐다보고 우—웡하고 늑대 흉내도 내지만 무릉리는 산 그림자를 이불처럼 푹 덮고 아침까지 쿨쿨 잠을 잡니다.

뻘건 잠바와 선덕여왕님

마당에는 어느새 가을 물이 들기 시작한
풀과 꽃들이 맥없이 어깨를 떨구고
마당 귀퉁이에 서 있는 단감나무 열매가
누렇게 익어가고 있습니다.
울타리와 이어진 산에서 상수리가
투두둑 투두둑 떨어집니다.

뻘건 잠바와 선덕여왕님

 "내 잠바 어디 갔어?"

퇴근하고 돌아온 강첨지는 잠바부터 찾습니다.

 "몰라."

선덕여왕님은 씽크대에서 설거지를 하면서 돌아보지도
않고 대답했습니다. 강첨지(박첨지를 놀리다가 그도 강첨지
라는 별명을 얻었습니다)는 얼른 마루에 들여 놓은 빨래걸
이를 봅니다. 아니나 다를까 뻘건 잠바가 옷걸이에 걸
려서 축 늘어져 있습니다.

 "또 빨았구나!"

"그게 왜 거기 있지?"

여왕님이 능청을 떱니다. 강첨지는 화가 치밉니다.

"당신이 빨았으니까 거기 있지 왜 거기 있어? 왜 벗어 놓기만 하면 빠는 거야?"

"더러우니까 빨았지. 난 뭐 빨래하기 좋은 사람인 줄 알아요?"

"에이—씨, 그럼 난 뭘 입어?"

"다른 잠바 입어요. 잠바가 뭐 그거 하나 뿐인가?"

"에이 참."

강첨지는 할 수 없이 아들이 대학 다닐 때 신문 배달 하다가 얻어 온 노란 실로 'ㅇㅇ일보'라는 글씨를 가슴에 새겨놓은 초록색 잠바를 집어들었습니다.

이걸 입어야 하나? 왠지 내키지 않습니다. 입을까 말까 망설이다가 초록색 잠바를 식탁 의자에 걸고 모자를 벗습니다.

"안 나가려고?"

"옷이 없는 데 어떻게 나가?"

"당신도 참. 사도세자처럼 왜 옷에 대해 그렇게 민감하세요?"

선덕여왕님은 여왕님답게 한 마디를 해도 꼭 왕족을 예로 듭니다. 그녀는 무릉리로 이사 온 뒤부터 무슨 생각에선지 자기가 전생에 선덕여왕이었는지도 모른다고 하더니 이제는 아주 선덕여왕이었다고 주장합니다.

내가 신라 임금님의 후손인 거 알지? 김씨니까 그럴 테지. 처갓집 족보쯤은 알고 있어. 그 양반이 신라 몇 대조 임금님이던가…… 하지만 선덕여왕님은 결혼을 안 하셨으니까 후손이 없었을 텐데? 후손이 없으시니까 홀로 구천을 날아다니시다가 이승으로 환생하신 거지. 이런 말도 안 되는 이유를 대면서 자기의 전생은 선덕여왕님이 틀림없다고 주장합니다.

그러면서 아이들이 쓰다 버린 공책에다가 슬슬 글을 쓰

기 시작하더니 지방지며 소소한 잡지에 투고를 하기 시작했습니다. 그로부터 얼마 안 되어 시도 아니고 산문도 아닌 요상한 글이 이름도 처음 들어 본 잡지와 지방지에 몇 번 실렸습니다. 그 때부터 그녀는 지방 문인들 모임에도 나가고, 문어체 문장으로 말을 하면서 제법 작가 행세를 하고 있습니다.

강첨지는 그 점이 심히 못마땅했지만 다 늙은 마누라가 새로운 취미 생활을 개발한 걸 나무라고 싶지 않아서 그냥 내버려 두고 보는 중입니다.

강첨지는 시내에 이발소를 경영하는 사람이지만 본업인 이발소보다 이발사 교육에 더욱 관심이 많은 사람입니다. 그가 '한국아동이발사교육교수협의회 회장' 이라는 어마어마한 직책을 가지고 있는 것도 본업인 이발보다는 이발사 교육에 더 정열을 쏟은 덕입니다.

그는 이발소를 신기사(이발사도 요즘은 기사로 불립니다)에

게 맡기고 이발 학원에서 이미 이발
사인 기사들에게 아동의 이발
에 대하여 강의를 합니
다. 그러다가 가끔
시간을 내서 이발
소에 들렀다가
신기사가 바
쁘면 직접 이
발을 하기도
합니다.

그의 올림픽
이용소는 시장 어귀에 있는데다가 중학교로 들어가는
길목이기도 해서 언제나 손님들이 붐빕니다. 늙은이,
중늙은이, 어린애…… 노소를 가리지 않고 손님이 와서
긴 의자에 앉아 있다가 차례차례 머리를 깎고 갑니다.
그런데 학교 입구인데도 불구하고 중학생들은 올림픽

이용소에 잘 오지 않습니다. 그건 순전히 이발소 주인인 강첨지(물론 그는 시내에선 강사장으로 불립니다) 때문입니다.

중학생들은 이발소에 오면 별별 이유를 대면서 학교의 두발 규정보다 조금 더 길게 깎으려고 하고, 약간씩 표 나지 않게 염색도 하고 싶어합니다. 그러나 강첨지(그의 호칭은 이제부터 무릉리에서만 통용되는 강첨지로 하겠습니다) 에겐 어림없는 소립니다.

> "신체발부는 수지부모하니 단정히 하는 것이 효도허는 것이여."

하면서 일부러 그러는지 더 빡빡 깎아서 중학생 아이들을 약오르게 합니다. 그래도 중학생은 어른이 한 일이라 항의는 못하고 이발소 문을 나갈 때 '씨, 다음에 오

(주) 사자소학(효행편)
  身體髮膚 受之父母 (신체발부 수지부모)
  신체의 모든 것은 부모로부터 물려 받은 것이니
  不敢毁傷 孝之始也 (불감훼상 효지시야)
  감히 훼손하거나 다치게 하지 아니하는 것이 효도의 시작이다.

나 봐라.' 하고 원망스러운 눈을 흘기고 나갑니다. 그러나 강첨지는 걱정하지 않습니다. 중학생은 천 명이 넘으니까 안 올 애들은 안 올 거고 그래도 와야 할애들은 올 테니까 맘 졸이며 어린 것들에게 아부 할 생각이 추호도 없었습니다.

그런데 어느 날 약간 시건방진 중학생 하나가 또 강첨지에게 신체발부는 수지부모하니…… 하는 잔소리를 듣다가

"아저씨, 그 다음 말은 불감훼상은 효지시야예요. 그러니까 머리카락을 짧게 잘라버리는 건 불효라고요."

하고 아는 체를 했습니다. 강첨지는 한국아동이발사교육교수협의회 회장으로서 그런 말을 듣고 그냥 넘어 갈 수 없었습니다.

그는 이발사 교육학원에서 강의를 하는 교육자로서 두발에 관한 잘못된 생각을 바로 잡아 주어야 할 사명을

언제나 느끼고 있었기에 그런 생각을 바로 잡아 주지 않고서는 그냥 지나칠 수가 없었습니다. 그래서 두발 모양과 신분 변천, 이발의 필요성과 역사, 오늘날의 이발과 미래의 이발 등등…… 장장 세 시간이나 강의를 했습니다.

물론 그 아이가 알아 들을 수 없는 내용은 듬성듬성 빼고 했지만, 어쨌든 그 귀한 강의를 들은 아이는 고맙게 생각하기는커녕 엄청나게 혼이 났다고 생각하고 다시는 올림픽이용소에 오지 않았습니다. 그 뿐 아니라 올림픽이용소에서 머리를 좀 길게 잘라 달라고 했다가는 이발소 주인에게 엄청나게 혼이 난다고 소문을 냈기 때문에 중학생 손님이 점점 줄어 들었습니다.

…   …

착하고 부지런한 신기사는 중학생이 자꾸 줄어드는 것이 걱정되었습니다. 중학생들이 오지 않으면 수입이 줄어 들어서 저녁에 계산을 할 때 괜히 마음이 불안했습니다. 그의 이발소는 전통적인 방법대로 날마다 수입을 주인과 종업원이 일정한 비율로 나누어 갖습니다. 그러니 수입이 줄면 종업원의 배당금이 줄어들어 주인의 몫도 당연히 줄어 든 만큼 나누어 가지면 됩니다.

그런데도 마음씨 착한 신기사는 차마 주인의 몫을 줄일 수 없어서 제 몫에서 조금씩 떼어서 평균보다 부족한 부분을 메워 주곤 했습니다. 그러나 그 짓도 날마다 할 수는 없었습니다. 신기사도 이제 고등학교에 다니는 딸이 있어서 교육비가 솔찬히 들기 때문이었습니다. 그래서 신기사는 이대로는 안 되겠다고 생각하고 주인이 없는 시간에는 중학생이 오면 그들 비위에 맞게 조금 길게 깎아주고, 어른들이 염색하다 남은 약으로 슬쩍 염색을 해 주기로 했습니다.

물론 그건 전혀 표나지 않는 몇 밀리미터와 눈에 띄지도 않는 색상의 차이지만 그래도 그건 중학생들에게 엄청 효과가 있어서 아이들은 하교 시간에 이발소를 기웃

거리다가 강첨지가 안 보이면 우루루 들어와서 "아저씨 나 머리 깎아 줘요." 하고 코 묻은 돈을 내미는 겁니다. 그 덕에 수입은 다시 늘어서 요즘은 평균 배당을 넘는 날이 많아지고 있습니다.

그러니까 강첨지만 이발소에 나타나지 않으면 수입이 늘기 때문에 신기사는 오후만 되면 제가 뒷정리를 할 터이니 선생님은 그냥 퇴근하시라고 권하곤 합니다.

후배 이발사들이 그를 선생님이라고 부르는 건 이발 계에선 그래도 그가 상당히 알아주는 실력자인데다가 이발사를 교육하는 학원에서 강의를 하기 때문입니다.

어느 날 후배 이발사들이 그가 무릉리로 이사를 갔다는 소문을 듣고 두루마리 휴지며 가루비누를 사 들고 무릉리로 찾아 왔습니다. 그들은 마을 입구에서 자전거를 타고 가는 사람을 만나 강첨지의 집을 물어 보았습니다.

"말씀 좀 묻겠는데요. 선생님 댁이 어딘가요?"

"선생님? 선생님이 누구지?"

자전거를 타고 가던 사람이 자전거를 세우고 논두렁에서 풀 깎던 사람에게 물었습니다.

"우리 동네 선생님이 있나?"

젊은 이발사가 얼른 말했습니다.

"새로 집 짓고 이사 온 댁인데요."

"새 집 짓고 이사 온 집은 저 집 뿐인디……"

자전거를 타고 가던 사람이 마을 한가운데를 흐르는 개울 동쪽 산밑에 오똑 새로 지은 집을 가리켰습니다.

"그 집주인은 이발소를 한다던디……"

논두렁을 깎던 사람이 말했습니다.

"그 어른이 선생님입니다."

젊은 이발사가 히죽 웃으며 말했습니다.

"그려?"

자전거를 타고 가던 사람과 논두렁을 깎던 사람은 눈이 동그레졌습니다.

그 때부터 마을 사람들은 그를 선생님이라고 부르고 그 집을 선생댁이라고 부릅니다.

그는 이사를 오자 마당에 줄을 긋고 쇠스랑으로 쿵쿵 파더니 채소 씨앗을 뿌리기 시작했습니다. 무, 배추, 아욱, 상추, 쑥갓, 완두콩…… 언젠가 마을 사람이 와서 세어 보니 스물 몇 가지나 되는 것들이 그의 마당에서 자라고 있더랍니다. 그는 그렇게 씨를 잔뜩 뿌려 놓고 날만 새면 나가서 들여다보고, 퇴근만 하면 또 나가서 들여다봅니다.

마치 하루라도 들여다보지 않으면 채소들이 다 어디로 걸어가 버리기라도 하듯 채소 잎사귀 하나하나를 꼼꼼히 살피면서 들여다봅니다. 그의 마누라 여왕님도 함께 채소를 들여다봅니다. 그녀는 돋보기를 끼고 이쑤시개 하나 들고 채소를 들여다보다가 벌레가 보이면 이쑤시개로 얼른 집어내고 소리를 지릅니다.

"여보, 빨리 와 이것 밟아!"

"직접 밟지 왜 나를 불러?"

"징그러우니까 그렇지."

강첨지는 얼른 달려가서 꼬물거리는 파란 벌레를 밟아 버립니다. 그런데 요즘 여왕님은 상당히 대담해져서 배 춧잎 갉아먹는 달팽이를 잡아 땅에 놓고 뽀지직 밟습니 다.

"아이구, 여왕님께서 어찌 그런 무자비한 짓을 하십 니까?"

"무자비하다니, 농민의 후손이 마땅히 해야 할 일인 데."

"교장선생님 따님이 무슨 농민의 후손이야?"

"아버지는 교장선생님이셨지만 논이랑 밭이랑 있었 으니 할아버지는 농사를 지으셨겠죠."

"할아버지는 독립운동 하셨다며?"

"할아버지가 안 지으셨으면 할머니나 그 웃대 어른

이 지으셨던가……"

"그렇게 따지면 한국사람 치고 농민의 후손 아닌 사
람 어딨어?"

강첨지는 처음 무릉리로 이사 왔을 때는 채소에 앉은
벌레를 보고 징그럽다고 소리소리 지르던 마누라가 이
젠 달팽이를 뿌지직 밟아 죽이는 걸 보면 전직 여왕님
께서 농민의 후손으로 강등하는 순간 같아 속으로 절로
웃음이 납니다.

무릉리는 대전이나 공주보다 기온이 평균 3~4도 정도
낮습니다. 그리고 봄도 두어 주일 늦게 오고 가을은 또
그만큼 빨리 옵니다. 그래서 아침저녁 채소밭을 둘러
보려면 낡은 뻘건 오리털 잠바가 아주 요긴합니다. 그
런데 마누라는 걸핏하면 그걸 빨아서 못 입게 만듭니
다.

"나 처럼 옷에 대해 까다롭지 않은 사람 있음 나오라

고 해."

강첨지가 툴툴거립니다. 그 말은 맞습니다. 그는 그가
애지중지하는 뻘건 오리털 잠바를 빼고는 모든 옷에 대
해 무심한 편입니다. 그는 바지 주름이 다 풀렸건 셔츠
가 다리미질이 되었건 안 되었건 탓하는 사람이 아닙니
다. 그도 여왕님 잔소리 때문에 봄 여름 가을 겨울, 일
년에 네 번은 그래도 양복을 바꾸어 입습니다. 그런데
양복을 바꾸는 날은 몹시 화를 내면서 주머니 속에 있
는 이쑤시개 하나까지 꼭 그대로 갈아 입을 양복 주머
니에 옮겨 주어야 새 양복을 입습니다.

그러고도 퇴근하면 도장이 빠졌느니, 손수건이 없느니
하면서 이래서 나는 양복 바꿔 입는 게 딱 질색이라고
합니다. 그래서 왜 매일 같은 옷만 입으려고 하느냐고
물으면 이렇게 대답합니다.

"먼데서 봐도 난 줄 알고 좋잖아."

벌써 17년 째 입는 뻘건 잠바는 이제 낡을 대로 낡아서

속에 든 오리털이 낡은 섬유 사이로 술술 빠져 나와 그가 앉았다 간 자리엔 어김없이 깃털 서너 개가 빠져 있습니다. 그래도 그는 좋다고 그것만 입고 다닙니다.

여왕님은 언젠가 날을 잡아 그 털투성이 잠바를 소각통에 넣고 태워 버릴 작정입니다. 그리고는 '몰라, 내가 어떻게 알아? 정말 몰라.' 하고 오리발을 싹 내밀 작정입니다. 강첨지가 옷 탐을 안 하는 사람이라서 편한 건 사실이지만 그래도 그 오리 털 잠바는 한국의 섬유 산업 발전을 위해서라도 이젠 그만 입어야 한다고 생각합니다.

"우리 닐까페에서 커피 한 잔 할까?"

여왕님이 생글생글 웃습니다. 평소엔 보기 드문 애교입니다. 그녀는 여왕님답게 품위를 지키려고 언제나 약간 무게를 잡고 조금은 명령스러운 투로 말을 합니다.

"좋지."

"그럼 먼저 가 있어요."

이게 뭐람. 강첨지는 속으로 투덜거리면서 초록색 잠바를 꿰면서 마당으로 나갑니다. 마당에는 어느새 가을 물이 들기 시작한 풀과 꽃들이 맥없이 어깨를 떨구고 마당 귀퉁이에 서 있는 단감나무 열매가 누렇게 익어가고 있습니다. 울타리와 이어진 산에서 상수리가 **투두둑 투두둑** 떨어집니다.

아아, 가을이구나!

잠바가 마음에 들지 않지만 퍼런 치마를 활짝 펴고 납작납작 앉아 있는 배추 고랑을 지나 비닐하우스로 갑니다. 그는 농사꾼이라면 마땅히 비닐하우스가 있어야 한다고 생각하고 있었기 때문에 올 봄에 마당에다 작은 비닐하우스를 하

나 만들었습니다.

그러나 그 속에 무얼 심고 어떻게 가꾸어야 할지 몰라서 그냥 텅 비워 놓았다가 요즘 상추를 조금 심어 보았더니 제법 잘 자라서 이웃과 나눠 먹을 정도가 되었습니다. 그와 아내, 뻘건 잠바와 선덕여왕님을 이 작은 비닐 하우스를 닐까페라고 부릅니다.

나무토막 몇 개를 비닐하우스 안에 들여놓고 커피를 마실 때 이곳에서 마십니다. 그러면 뭔가 시골스럽고 아늑함이 느껴져 좋습니다.

아내가 커피를 들고 나오다가 마당 끝에 서서 소리를 지릅니다.

"어이, 어이!"

내다보니 논 건너 저 쪽 둑길에 외손녀 업은 박첨지 부인 정순씨가 서성이고 있습니다.

"뭐해?"

"그냥 나왔슈."

"이리와요."

"아이구 나 거기 가면 안되는디……"

박첨지 부인 정순씨가 빼는 소리를 하면서도 슬슬 이쪽으로 방향을 돌립니다. 네 살 백이 친손녀도 제 고종사촌을 싸서 업고 있는 포데기 끝자락을 놓고 저희 할머니보다 먼저 이쪽으로 뛰어 옵니다.

이제 그녀가 오면 닐까페에선 커피대신 술자리가 벌어질 겁니다. 강첨지도 커피보다는 술이 낫다고 생각합니다. 그러나 그는 생각합니다. 오늘은 꼭 반병씩만 하자고……

개 도둑

밖에 나가 둘러보니
울타리 안은 아무 이상이 없는데
집 앞 빈터엔 금방 섰다 간 것처럼
자동차 바퀴 자국이
선명하게 남아 있었습니다.

개 도둑

이른 아침 앞집 봉례 엄니가 댓똑댓똑 걸어가다가 갑자기 걸음을 멈추고 배추밭을 서성이는 선덕여왕께 말을 걸었습니다.

"헬 일 없슈?"

"예?"

선덕은 이사 온 지 벌서 삼 년이 되어 가는데 아직도 봉례 엄니 말은 잘 알아들을 수 없습니다. 그녀는 구강의 생김새에 문제가 있는지 아니면 발성기관에 문제가 있는지 말을 하면 엉뚱한 데로 공기가 새나가 도무지 알아들을 수 없는 소리가 되곤 합니다.

그래도 무릉리 사람들은 그녀의 말을 잘도 알아듣고 대화를 나누지만 선덕은 도무지 그 말을 알아들을 수 없습니다. 그래서 무슨 말씀을 하셨냐고 재차 물으면 그녀는 귀 또한 상당히 먹어서 잘 듣지 못하고 엉뚱한 소리를 하기 일쑵니다. 그런 형편이다 보니 자기편에서 할 말이 있을 때만 걸음을 멈추고 말을 합니다.

"간밤에 개 두 마리 끌어갔어."

"예?"

"큰 개 두 마리 끌어갔어. 집이 개 있어?"

"예. 다 있는데요."

"아이구 심난햐아―"

새벽 네 시경에 개가 짖어서 내다보니 컴컴한데 아무것도 보이지 않고 개만 자꾸 짖더랍니다. 그리고 아침에 나가 보니 다 큰 개 두 마리가 목줄 채 없어지고 끌려가지 않으려고 버팅긴 개 발자국과 겁에 질려서 싼

생똥이 어지럽게 흩어져 있더랍니다.

"호흑넘이(도둑놈이) 우리 개 두 마리, 한이네 개 두

　　마리 끌어갔어…… 호심햐아(조심햐아)…… 아이 심

　　난햐아...."

봉례 엄니는 일손이 안 잡히는지 괜히 집 앞을 오락가

락 했습니다.

가을걷이가 끝나면서 이 마을 저 마을에 개 도둑이 들

었다는 소문이 돌기 시작합니다.

무릉리에도 한적골에서 개를 잃어버렸다. 느랏티에서

개를 잃어버렸다. 양뜸에서 잃어버렸다 하더니 마침내

중말에도 개 도둑이 들었습니다.

이 동네서 제일 어려운 봉례네와 찬이네 개를 훔쳐가다

니, 선덕은 개 도둑에게 맹렬한 분노를 느꼈습니다.

"아마 한 삼십만원쯤 손해 났을걸."

보신탕에 대해 약간의 지식이 있는 강첨지가 아는 체

했습니다.

　"도둑은 왜 가난한 집에 먼저 드는지 모르겠어. 봉례
　　네 같은 집은 도와주어야 할 집인데……"

　"밤에 진이랑 계수 풀어 놓을까? 도둑놈 오면 콱 물
　　어 버리게."

　"그랬다가 도둑놈은 안 물고 엉뚱한 사람 물면 어떻
　　게 물어 주려고?"

　"참, 그렇구나."

　"그래도 우리 진이랑 계수가 사나워서 다행이다. 그
　　지?"

　"아마 우리 진이랑 계수를 훔쳐 가려면 총을 쏴야 할
　　걸."

강첨지네 개는 두 마리가 다 진돗개인데 주인이 아닌
사람은 아무리 자주 보는 사람이라도 사정없이 짖어대
는 성질 고약한 놈들입니다. 평소에 시끄럽다고 야단을
치곤 했는데 도둑이 감히 훔쳐가지 못 한 걸 보니 사나운 것이 은근히 기분이 좋습니다.

"어이, 개 밥 많이 줘."

"알았어."

선덕여왕도 도둑에게 끌려가지 않은 개가 기특한 모양입니다.

사실 개를 사랑하기는 선덕여왕이 강첨지보다 한 수 위입니다. 강첨지는 개란 짐승은 그냥 멀찍이서 보기만 하면 된다고 생각하는데 선덕여왕은 개란 쓰다듬어 주어야 하는 짐승이라고 생각합니다. 그래서 들며 날며 꼭 한 번씩 쓰다듬거나 안아주어 언제나 옷에 개털을 몇 개씩 붙이고 다닙니다.

"개털 좀 달고 집안에 들어오지 마."

"일부러 털 코트를 사 입는 사람도 있는데 옷에 털이
  붙어 있음 따뜻하고 좋지."

선덕여왕은 들은 체도 않습니다.

"개 만지고 손 씻었어?"

"걱정 마. 인제 씻을 테니."

강 첨지는 이발사라서 그런지 청결하지 못 한 건 딱 질
색입니다. 그러나 이런 말을 자꾸 하면 잔소리 같아서
강첨지는 이제 꾹 눌러 참곤 합니다.

마당을 서성이는데 정 설비가 왔습니다. 정 설비는 보
일러 배관 등 설비공사를 하는 정 사장입니다. 그는 강
첨지네 집 지을 때 설비 공사를 맡아서 한 후부터 강첨
지네 집에 자질구레한 손 볼 일을 도맡아 해 주는 사람
입니다.

"안녕하세유? 진지 잡쉈슈? 왜 모두 마당에 기세
유?"

"앞집에 개 도둑이 들어서 개를 두 마리나 훔쳐 갔
댜".

"두 마리유? 그까짓 건 아무 것도 아뉴, 우리 동네서
개 기르는 내 친구는 40마리를 싹 잃어버렸슈."

"40마리?"

"예, 하룻밤에 40마리를 몽땅 훔쳐갔슈. 허헛 참, 도둑놈이 훔쳐가면 그냥 훔쳐 갔간유? 개장 앞에다가 '이놈아 문단속 잘해.' 이렇게 써놓고 갔더랴아. 그걸 보고 더 미치는 거쥬."

"그런 대담한 도둑이 있나!"

"아엠에푸 땜에 직장 잃고 개나 길러 본다고 들어 왔는디. 안 되는 놈은 자빠져도 코가 깨지는 거유."

"하룻밤에 40마리를 무슨 수로 훔쳐 갔을까? 약을 먹이거나 주사를 놓는다 해도 낯선 사람이 오면 이놈 저 놈 막 짖었을 텐데……"

"냄새 난다고 개장을 인가가 없는 산에다 짓고 밥 줄 때만 가니께 맘놓고 훔쳐 갔겠지유."

"그래도 개란 짐승은 주인이 아니면 물고 달아나고 할텐데……"

"무슨 일에든 전문가가 있는거유…… 아무리 사나운

개도 개장수가 가면 꼼짝 못해유……"

"왜 그럴까?"

"모르쥬. 무슨 냄새가 나는지……"

"보신탕철도 아닌데 왜 갑자기 개 도둑이 설칠까?"

"큰 개는 여름에 다 잡아먹고 없대유. 그래서 요새는
큰 개, 적은 개, 애완견 안 가리고 개라고 생긴 건
다 훔쳐 간대유."

개 도둑도 전문이라고 부를 기술이라…… 세상에 하고
많은 기술 중에 개 도둑 기술을 가진 전문가는 대체 어
떤 사람일까? 선덕여왕은 아무리 생각해도 40마리나
되는 남의 개를 훔쳐간 도둑의 기술이 신기했습니다.
또 사나운 개를 찍 소리도 못하게 제압하여 훔쳐 갈 수
있는 전문가라면 개를 잃어버리는 것이 당연하다는 생
각도 들었습니다.

그 날 오후에 강첨지가 퇴근길에 정 설비 트럭을 타고

돌아왔습니다.

"웬일이에요?"

"개집 얻어 왔어."

정 설비 트럭 짐칸에 철창으로 만든 커다란 개집이 실려 있었습니다. 개집은 어찌나 크고 무거운지 남자 어른 넷이서 간신히 마당 한구석에 내려놓았습니다.

"최 기사(이발사)가 이젠 개 안 키운다면서 줬어."

"이렇게 튼튼한 개집이면 개 도둑도 못 훔쳐 가겠다."

"그—림, 문 잠궈 놓으면 용접기로 절단해야 할걸."

"잘 됐네. 도둑놈이 용접기로 절단 할 때 개가 입 다물고 있진 않을 테니."

"암만, 그 때 우리가 내다보고 경찰에 신고해서 도둑놈 잡아버리는 거여."

크고 튼튼한 개집을 보니 이제 우리 개는 안전하겠구나 안심이 되었습니다. 강첨지와 선덕여왕은 두 마리의 개

중에서 어떤 녀석을 그 안전한 개집에 넣을 것인가 한
참 의논 한 끝에 암팡지게 사나운 암놈 황진이는 방 문
가까이 매어 놓고, 점잖고 순한 편인 수놈 백계수를 철
창 개집에 넣기로 했습니다.

백계수는 워낙 순한(주인에게만) 개라 순순히 철창 안으
로 들어갔습니다. 철문을 철컥 닫으니 계수는 영락없는
감옥에 갇힌 죄수 꼴이었습니다.

　　"죄 없이 감옥에 갇히니 얼마나 억울할까?"

　　"죄 없이 캄캄한 밤중에 도둑에게 끌려가서 죽고 보
　　신탕이 되는 것 보다 낫지 뭐."

　　"그렇지만 낮엔 도둑이 안 올 테니 감옥 문을 열어
　　놓읍시다."

그래서 낮엔 감옥 문을 열어 놓고 밤이 되면 감옥 문을
닫곤 했는데 신기한 건 백계수란 놈이 한 번 마루장(철
창 개집에는 바닥에 합판이 깔려있습니다) 맛을 보더니 도무
지 흙을 밟으려 하지 않는 것이었습니다. 놈은 용변을

볼 때면 어쩔 수 없이 밖으로 나와 흙을 밟지만, 밥도 흙을 밟지 않고 먹었습니다. 밥을 집 앞에 놓아주면 땅으로부터 약 한 자쯤 높은 마루 위에서 목을 길게 늘려서 땅바닥에 있는 밥을 먹고 물도 마십니다.

그렇게 물구나무 서듯이 서서 마루 아래에 있는 걸 먹고는 얼른 제자리로 가서 점잖게 앉아 눈을 가느스름하게 뜨고 철망 밖의 세상(그 놈은 문을 열어 놓았는데도 활짝 열린 문으로 세상을 내다보지 않고 집 안쪽으로 들어가서 철망 사이를 통해서 세상을 내다봅니다)을 내다보는 겁니다.

"아무래도 저 놈 이름 잘못 지었나봐 개 주제에 제가 무슨 양반이라고 마루 위에 앉아 풍월 읊는 꼴이라니!"

선덕여왕이 아니꼬와서 한 마디 하니 강첨지가 개 역성을 듭니다.

"깔보지 말어. 저 놈들이 우리하고 언어가 달라서 우리가 모를 뿐이지, 나름대로 철학이며 예술이며 다 있을 거여."

"푸하하하……"

하여튼 그렇게 개 도둑 대비를 하고 두 사람은 안심하고 잠자리에 들 수 있었습니다.

선덕여왕도 늙으면 새벽잠이 없어지는 모양입니다. 몇해 전부터 강첨지는 새벽잠이 적어져서 새벽 두 세시에 눈이 떠지곤 했습니다. 말이 새벽이지 예전 같으면 취침 시간이었을 그 시간에 눈이 떠져서 말똥말똥 누워 있으려면 참 고역이 아닐 수 없습니다.

그래서 라디오를 켜서 해외동포에게 보내는 편지며 흘러간 옛 노래를 들으면 좋은데, 텔레비전 마지막 프로가 끝나고 지지지가 나와야 잠자리에 드는 선덕이 시끄럽다고 짜증을 부려서 맘놓고 라디오도 들을 수 없습니다. 담배라도 한 대 피우려면 건강에 해롭다고 구박이지, 신문을 보려면 부스럭거린다고 화를 내지.

"아유, 왜 남 안 잘 때 자고, 남 잘 때 안 자는 거야? 정말 시차가 안 맞아서 같이 못살겠어. 당신 낼부터 샤크룸에 가서 자."

"알았어. 알았어."

하지만 강첨지는 샤크룸(무선통신을 할 수 있게 각종 기기가 있는방)에서 잘 생각은 추호도 없습니다. 강첨지는 한때 아마추어 햄에 심취하여 안방에다 무전기를 들여놓고 선덕여왕이 자든 말든 밤을 새면서 씨큐— 씨큐—를 외쳐댔습니다. 선덕은 무전기 소음에 견디다 못해 새집을 지으면서 샤크룸을 하나 만들어서 강첨지가 애지중지하는 무전기들을 안방에서 내쫓아 버렸습니다. 그러더니 이젠 남편까지 안방에서 내쫓을 모양입니다.

"샤크룸에서 자면 밤새도록 교신해도 잔소리 안 듣고 좋을 텐데 왜?"

그러나 강첨지는 혼자 잘 생각을 하니 허전하고 심심하고 무엇보다도 뒷방 늙은이가 되는 것 같아 싫습니다.

그래서 구박을 받으면서도 날마다 새벽이면 잠에서 깨어 부스럭거립니다. 그렇게 새벽에 깨어 부스럭거린다고 화내던 선덕도 요즘은 새벽잠이 줄었는지 아니면 강첨지 버릇에 물이 들었는지 새벽 네 시면 잠을 깹니다.

"당신도 이젠 별 수 없구먼."

강첨지는 고소해서 히죽거립니다.

"그렇지만 난 당신처럼 남에게 방해가 되진 않을 거야."

하고는 샤크룸에 가서 컴퓨터를 켜고 소설을 쓰는지, 시를 쓰는지 알 수 없는 짓을 하곤 합니다.

그 날도 네 시경에 잠이 깬 선덕여왕은 슬그머니 샤크룸으로 갔습니다. 강첨지는 느긋하게 담배를 한 대 피우고, 안 나올게 뻔한 텔레비전을 켜서 이리저리 리모콘을 눌러 봅니다. 그 때 갑자기 개 두 마리가 동시에 큰 소리로 짖어대기 시작했습니다.

"여보, 외등 좀 켜 봐!"

선덕여왕이 샤크룸에서 큰 소리로 외쳤습니다.

"여보, 도둑놈 왔나 봐. 빨리 외등 켜!"

선덕여왕은 마치 밖에 있는 도둑에게 들으라는 듯이 짜랑짜랑 소리를 질렀습니다.

"오긴 누가 와."

강첨지는 마지못해 마루에 나와서 발코니 등을 켜고 마당을 내다 보았습니다. 밖은 칠흑같이 어두워 아무 것도 보이지 않았습니다.

"빨리 외등 켜라니까. 도둑이 왔을 거야."

선덕여왕은 컴퓨터 앞에 앉아 꼼짝도 하지 않고 소리만 지릅니다. 강첨지는 현관문을 열고 마당을 휘휘 둘러보았습니다. 역시 아무 것도 보이지 않고 개 두 마리만 요란하게 짖어댔습니다.

"나가보니 아무도 없어. 누가 지나갔나 봐."

"누가 마당에 나가라 했어? 외등 켜라했지."

선덕은 더 큰 소리로 화를 냈습니다.

"발코니 불 켰잖아. 그리고 나가서 확인하면 됐지."

"마당 구석구석 환하게 불만 켜면 되지. 도둑놈이 있
는지도 모르는 마당엔 왜 나가? 그렇게도 전기가
아까우면 외등은 뭐 하러 달았어?"

사실 전기가 아까워서 발코니 등만 켜고 밖에 나가 보
았는데 그 말을 듣고 보니 어쩐지 등골이 서늘해지는
느낌이 들었습니다. 술렁거리다보니 어느새 동이 희뿌
윰하니 트기 시작하는데 뒷집 박첨지에게서 전화가 왔
습니다.

"별일 없슈?"

"무슨 일?"

"개 다 있슈?"

"있는디."

"지난밤에 개 도둑이 들어서 집집마다 개 훔쳐 갔다
고 난리유. 통장이 경찰에 신고한다고 상황 파악한
대유."

"어쩐지, 새벽에 개가 엄청 짖어댔슈."

"그래도 개가 다 있으니 다행이유."

밖에 나가 둘러보니 울타리 안은 아무 이상이 없는데 집 앞 빈터엔 금방 섰다 간 것처럼 자동차 바퀴 자국이 선명하게 남아 있었습니다.

아아, 그 시간에 개 도둑이 왔었구나! 개 도둑이 있는 마당을 겁도 없이 나가서 돌아다녔다니! 강첨지는 새삼 오싹 무섬증이 일었습니다.

그 날 저녁에 오랫만에 신기사가 왔습니다.

"요즘 우리 동네는 개 도둑이 득실거려요."

"개 도둑유? 말도 마세유. 제 친구는 요새 2천 만원 어치 잃어버렸슈."

"2천 만원 어치?"

"삼 년 전 감원 바람 불 때 직장 잃고 할 일 없으니 개나 길러 본다고 열심히 길러서 늘려가더니 이제

목돈 좀 만지게 됐다 싶었는데 도둑이 들어서 하룻
밤새 싹 쓸어 갔슈. 그것도 개 지키려고 개장 옆에
방을 짓고 숙직을 했는데 그날 따라 친구가 와서 늦
은 시간까지 고스톱 좀 치며 늦게 잠자리에 든 게
화근이 되었슈. 방 바로 앞까지 와서 몽땅 쓸어 가
는 걸 몰랐대유. 아침에 나가 보니께 큰 트럭을 가
지고 와서 실어내다가 차가 도랑창에 빠져서 포크
레인을 가져와서 빼내 간 흔적이 있더래유. 그래도
몰랐으니…… 놈들이 전문가는 전문가지유……"

"살다 보니 별별 놈의 전문가가 다 있구먼."

강첨지는 입맛이 썼습니다.

"참, 철창으로 된 개장에 개 넣지 마세유."

"왜?"

"요즘 개도둑은 전기를 가지고 다닌대유."

"전기?"

"거 왜, 개구라지나 물고기 잡는 것처럼 밧데리를 가

지고 다니는 데 전기를 철창에 대면 쭉 연결된 개집에 순간적으로 6백 몇 십 볼트 전기가 흘러서 개들이 찍 소리도 못하고 쫙 뻗어 버린대유. 그럼 잠깐새 주섬주섬 줏어 싣고 간다네유."

"아이고 맙소사! 그런 흉악무도한 것이 인간이라니!"

"세상엔 개만도 못한 인간이 참 많어유."

여간해서 욕지거리를 안 하는 신기사가 점잖게 개 도둑을 욕했습니다. 그러나 선덕여왕은 참을 수 없는 분노를 그렇게 삭일 순 없었습니다. 차마 글로 쓸 수 없는 여러 가지 욕들을 한 십 분쯤 늘어놓더니 눈물까지 글썽이며 외쳤습니다.

"우리 나라도 태형을 부활 시켜야 해. 그런 놈들은 붙잡아서 감옥에 넣고 공밥 먹일게 아니라 그냥 태형으로 다스려야 해. 남을 아프게 하면 저도 아파야 한다는 걸 보여 줘야 한다니까! 대체 국회는 뭐 하는 거야? 그런 법 안 만들고!"

우리 나라 사람들은 모든 대화를 정치적으로 몰아가듯 선덕여왕도 매우 정치적인 발언을 끝으로 겨우 입을 다물고 거친 숨을 몰아쉬었습니다. 강첨지도 전기 맞고 쭉 뻗은 개들이 눈앞에 어른거리며 속이 울럭울럭해서 도저히 그냥 앉아 있을 수 없었습니다.

"어이, 이찌고뿌 가져와. 속 좀 가라 앉혀야 겠어."

"그래. 이런 날은 마셔야 해."

선덕이 술 가지러 학연재(책이며 잡동사니를 쑤셔 넣어 놓은 창고 이름) 부엌으로 쪼르르 달려갔습니다. 이렇게 해서 그 날도 그들은 소주를 마시지 않으면 안 되었고, 그 밤으로 백계수는 그 좋은 마루에서 끌려 나와 흙 봉당 옛 집으로 돌아가야만 했습니다.

눈

눈이 점점 굵어지며 속도를 더해 갔습니다.
논두렁에 떨어진 깃털도, 빨간 핏자국도 하얗게,
새하얗게 지워져가고 무릉리도 쏟아져 내리는 눈 속에
아련히 줌 아웃으로 멀어져갔습니다.

눈

눈발이 슬슬 뿌리기 시작합니다.

꼭 이 동네 노인들 걸음걸이처럼 느릿느릿 한 잎씩 한 잎씩 떨어져 내립니다. 성질 급한 선덕여왕은 눈까지 느려터진 꼴이 보기 싫어 내다 보던 창문을 탁 닫으려는데 앞집 봉례 아버지가 자기네 뒷마당에서 내려다 보고 뭐라 하는 모습이 눈에 띄었습니다. 선덕여왕은 모른 체 하려다가 다시 창문을 열었습니다.

역시 봉례 아버지는 선덕여왕을 향해 말하고 있었습니다.

"차가 집 앞이 섰다 갔슈."

"뭐라고요?"

"차가 섰다 갔슈."

봉례 아버지의 말은 언제나 거두절미하고 본론의 앞 대가리부터 말하기 때문에 대화의 첫 장은 아무리 똑똑한 사람이라도 도무지 종잡을 수 없습니다.

"어떤 차요?"

"저런 차유."

봉례 아버지는 냇둑을 실실 기어가는 소형 트럭을 가리켰습니다.

"아줌니 집 앞이 섰다 갔슈. 개가 막 짖어서 내다보니 차가 아줌니 집 앞이 섰슈. 우리 개 짖고, 아줌니네 개 짖고…… 그런디 내가 내다보니께 갔슈."

아아, 저 아저씨가 개 도둑 애기를 하는구나. 선덕여왕은 그제야 봉례 아버지 말을 이해할 수 있었습니다. 봉례 아버지는 개를 도둑 맞은 뒤부터 낯선 차에 대한 경

계심이 부쩍 높아져 그 차도 개도둑 차가 아닌가 하고 버쩍 의심이 들었던 모양입니다.

"개가 지랄허면 좀 내다 봐유."

"알았어요."

"접때도 저런 차가 왔다 갔다 허구 개가 없어졌슈."

"예, 개가 짖으면 내다 볼게요."

봉례 아버지는 선덕여왕이 개가 짖는데도 냉큼 내다 보지 않아서 무척 화가 났던지 투덜투덜 하면서 저희 앞마당으로 돌아갑니다.

봉례 아버지는 칠십 하고도 서너 살쯤 더 된 노인인데 체격이 당당하고 힘이 장산데 지능이 좀 낮습니다. 그는 선덕여왕과 강첨지가 농사에 대해 통 아는 것이 없는 걸보고 세상에 저렇게 무식한 사람도 있나. '내가 가르치고 돌봐주지 않으면 굶어 죽을 사람이구나' 하고 매사에 시시콜콜 참견하고 가르치며 나름대로 돌봐

주고 있는 중입니다.

선덕여왕은 지나친 관심을 갖고 참견하는 봉례 아버지가 성가실 때도 있지만 그래도 얌체같이 똑똑한 사람보다는 투박한 정을 주는 것이 그리 밉지 않아 가르쳐 주는 대로 고분고분 대답을 해 줍니다.

실실 내리던 눈이 차츰 속도를 더해 갑니다.

"이러다 눈이 쌓이겠는걸."

강첨지가 창 밖을 보며 걱정스럽게 말합니다. 시내는 눈이 와도 차가 지나다니면 금방 녹지만 시골은 한 번 눈이 쌓이면 여간해서 녹지 않습니다. 그래도 동네 사람들은 차를 몰고 잘도 드나들지만 강첨지는 눈만 오면 아예 밖에 나가기 싫습니다.

강첨지는 애들 어릴 때 온 식구를 다 싣고 겨울 여행을 다녀오다가 죽령에서 폭설을 만나 길 가에 처박혔던 일이 있었습니다. 그 때의 아찔했던 경험은 강첨지로 하여금 눈만 보면 오금이 저리게 합니다. 그래도 이발학원에서 강의를 해야 하기 때문에 눈길을 헤치고 나가지 않을 수 없습니다.

강첨지는 마당의 눈은 그냥 두고 대문에서 마당으로 올라오는 길과 집 앞길의 눈을 치웠습니다. 슬슬 내리던 눈이 그새 제법 쌓여서 길가에 밀어 놓은 눈이 두둑한 둔덕을 이뤘습니다. 눈은 치우는 동안에 폭설로 변해서 돌아보니 금방 치운 길이 그대로 하얗습니다. 통장이 눈을 맞으며 오토바이도 안 타고 꺼벅꺼벅 걸어오다 한마디 합니다.

"거 개갈 안 나는 짓 허덜 말어. 암만 쓸어봤자 도로 아미타불이여."

통장은 강첨지가 처음 이 동네로 이사왔을 때 통성명하고 나이 따져 보고서 서로 한 살 차이밖에 안 난다는 걸 확인한 후부터 말을 놓고 지내는 사입니다.

"통장 나리 아녀, 동네 순찰 허는감?"

"이, 이 동네는 하늘서버팀 땅 속꺼정 다 내 소관인 디 순찰 허야지."

"이, 잘 허는 짓이여. 역시 나리답구먼."

"강 선생처럼 모두덜 지 집 앞은 지가 쓸어야 허는 디, 말짱 노인덜 뿐이니…… 그나저나 오늘 같은 날 은 꿩 한 마리 볶아서 쐬주 한 잔 허야는디……"

"자연보호는 어떻게 되는디?"

"꿩은 자연보호허구 상관 음써. 그 것덜이 먹어치우 는 곡석이 얼만디. 그런 놈덜은 가끔 잡아 먹어 주 야혀."

"웬수 갚을라고?"

"암만."

"아서, 잡아먹을 때 잡아먹더래미 산천에 눈이 쌔여 서 먹을게 없어서니 인가를 찾아오는 짐승은 잡아 먹는 게 아녀. 그런 짐승 잡아먹으면 죄 되는 겨."

"그래서 청설모 놔줬남?"

청설모, 강첨지는 속이 찔끔했습니다. 청설모는 농부들에게 까치만큼 미움을 받는 짐승입니다. 그 녀석들은 밤, 호두, 잣 등 산에 심어 놓은 농작물을 물론이고, 마을에 내려와서 병아리까지 잡아먹습니다. 그러니 보는 족족 잡아버리고 싶은데 어찌나 잽싼지 여간해서 잡히지 않습니다.

그 재빠른 놈이 첫 눈 오던 날 강첨지에게 잡힌 적이 있었습니다. 그 날도 새벽 산책을 거를 수 없어 눈을 맞으며 산책을 나섰는데 선덕여왕이 갑자기 걸음을 멈추고 노인정을 가리켰습니다. 뭔고 하고 보니 시커먼 청설모 한 마리가 노인정 창문에 매달려 정신없이 안을 들여다보고 있었습니다.

"저거 잡자."

"어떻게?"

"쉿!"

강첨지는 살금살금 다가가서 모기장을 홱 닫았습니다.

그러자 청설모 발 하나가 모기장에 콱 끼였습니다.

"으하하… 잡았다!"

버둥버둥…… 놈은 빠져나가려고 필사적으로 버둥거렸습니다.

"당신 그거 어떡할 거야?"

"어떡하긴 잡아야지. 이놈이 훔쳐간 밤이 얼만지 알아?"

"당신 그거 죽일 수 있어?"

선덕여왕이 빤히 바라보며 물었습니다.

"아니."

"그럼 어떻게 잡아?"

"박첨지 불러와서 잡으라 하지."

갑자기 선덕여왕이 먼 하늘을 바라보며 구슬픈 어조로 읊조리기 시작했습니다.

"새끼들은 엄마 배고파……엄마 배고파…… 울어대고…… 온 산천에 눈이 하얗게 쌓여서 아무리 돌아

다녀도 먹을 것은 구할 수 없고…… 먹을게 있나 하고 노인정에 왔다가 먹이는커녕 말라비틀어진 라면 한 줄 얻지 못하고 잡혀가서 죽게 되는구나. 그런 줄도 모르고 새끼들은 엄마 왜 안 와? 엄마 배고파…… 울다가 울다가 한 마리 쓰러지고…… 두 마리 쓰러지고…… 세 마리 쓰러져 눈도 못 감고…… 네 마리 쓰러지고…… 다섯 마리 쓰러져 눈도 못 감고…….”

선덕의 목소리는 점점 더 구슬퍼집니다.

“알았어, 알았어. 놔주면 될 거 아냐!”

강첨지는 모기장을 스르르 열었습니다. 순간 청설모는 발을 빼서 잽싸게 노인정 앞에 있는 느티나무 위로 달아났습니다.

“그런데 당신 저 놈이 암컷인지 어떻게 알았어?”

강첨지는 마누라가 시키면 청설모를 보고 암컷인지 수컷인지 구별 할 줄 아는 것이 신기했습니다.

"내가 그걸 어떻게 알아?"

"새끼들이 배고파서 운다며?"

"그럴 수도 있다는 거지."

"그럼 그게 거짓말이었어?"

"당신은 거짓말과 상상력에 의한 창작도 구별 못해?"

"아이구 이런 능청!"

그래, 마누라가 작가라는 사실을 깜빡 한 게 잘못이지. 강첨지는 놓아 준 청설모가 아까워 느티나무를 쳐다보았습니다. 청설모는 느티나무 꼭대기에서 약오르지 하듯 시커먼 꼬랑지를 살랑살랑 흔들었습니다.

최통장이 오금을 박는 걸 보니 이 이야기가 어느새 온 마을을 돈 모양입니다.

"하여튼 부지런 헌 것도 좋지만 괜히 심 빼지 말고 눈 근치면 쓸어. 아, 정주영씨도 그랬잖여. 눈이 근치면 쓴다고⋯⋯"

"정치적인 얘긴 허지 말어. 난 정치는 딱 질색인 사
람이여."

강첨지는 통장 선거가 가까워 오니 벌써 동네 의견이
슬슬 갈리고 있음을 빗댔습니다. 최통장은 강첨지의 언
중유골을 알아듣고 히죽 웃었습니다.

"지랄, 넘 눈 얘기 허는디 웬 정치여. 맘 대루 혀. 심
좋거든 쓸든지 말든지."

눈발이 점점 가늘어졌습니다. 강첨지는 집으로 되짚어
들어오면서 새로 쌓인 눈을 빗자루로 휙휙 쓸고서 차를
몰고 시내로 나갔습니다.

다시 굵은 눈송이가 나풀나풀 떨어집니다. 선덕여왕은
집안 일을 마치고 커피를 한 잔 타서 마루에 앉아 밖을
내다보았습니다. 산이며 논이며 길이 모두 하얀데 회관
에 윷 놀러 가는 노인도 보이지 않고, 날아다니는 새도,

살금살금 돌아다니는 고양이도 한 마리 보이지 않았습니다.

　"모두 어디로 갔을까?"

선덕여왕은 커피를 홀짝 마시며 중얼거렸습니다.

아무나보고 제 맘대로 짖어대는 시골 개소리도 들리지 않고, 새 소리도, 개울 소리도, 사람소리도 들리지 않았습니다.

　"이렇게 고요 할 수 있을까? 그런데 난 여기서 뭐 하고 있는 거지?"

외로움이 스멀스멀 피어올라 피부를 감돌며 존재론적 아픔을 자극합니다. 이런 아픔은 혓바늘 같아서 아픈 줄 뻔히 알면서도 건드리고 싶고 건드리면 건드릴수록 더 건드려보고 싶어집니다.

선덕여왕은 거의 식은 커피를 마시며 산수화처럼 변해가는 바깥 풍경을 물끄러미 내다보며 앉아 있었습니다.

문득, 눈길에 자동차 한 대가 아주 조심스럽게 살살 기어 오는 것이 보였습니다.

　"누구지? 동네 차는 아닌 것 같은데…… "

자동차는 조금 오다 서고, 또 조금 오다 서고 하면서 천천히 기어서 마을로 들어오더니 회관 앞에서 차를 돌렸는지 금방 또 그 모양으로 서다 가다를 반복하면서 마을을 나갔습니다.

　"잘못 들어온 찬 게로군."

눈은 그치고 짧은 겨울 해가 어느새 두터운 구름 저 쪽에서 서산을 넘는 모양이었습니다. 선덕여왕은 어둑어둑해지는 방으로 들어가 텔레비전을 켰습니다. 텔레비전은 지직하더니 정지화면이 되었습니다. 무릉리는 지독한 난청지역이어서 위성 안테나를 달았는데도 겨우 KBS와 교육방송만 나오는데 그것도 일기가 불순하면 이렇게 정지화면이 되어버립니다.

이렇게 온 천지로부터 고립되면 선덕여왕은 갑자기 주체 할 수 없이 심심해집니다. 뭐 하지? 뭐 할까? 선덕여왕이 방을 서성이며 심심하지 않을 방법을 연구하는데 누가 창문을 사정없이 두드렸습니다. 창문을 여니 눈을 허옇게 뒤집어 쓴 강첨지가 몹시 화가 난 얼굴로 소리쳤습니다.

"사람이 들어오는데 내다보지도 않고 뭐 하는 거야?"

"아무 것도 안 해. 그런데 왜?"

"사고 났잖아!"

"사고?"

깜짝 놀라 뛰어 나가니 강첨지의 차는 얌전히 차고에 들어앉아 있고, 사람도 멀쩡했습니다.

"사고라니 무슨 사고야? 누구 다치게 했어?"

"아니."

"그럼?"

"눈에 미끄러져서 대문 기둥을 받았잖아!"

"대문 기둥? 우리 대문 기둥?"

"그래!"

강첨지가 시내에 나간 뒤에 내린 눈이 쌓여서 집에 들어오던 그의 차가 미끄러져서 대문 기둥을 받았습니다. 눈 쌓인 마을길을 조심조심 들어와 이제 우리 집이다 하는 순간 차가 휘익 미끄러지면서 대문 기둥을 받아버린 겁니다.

강첨지는 새 차가 찌그러진 것도 화가 나고, 새 집 대문 기둥이 부러진 것도 화가 나고, 사람이 올 때쯤 나와서 눈을 좀 쓸어 놓지 않은 마누라도 밉고, 평소에는 있는지 없는지도 모르게 한쪽 구석에 서 있던 대문 기둥이 눈이 내리자 길 가운데로 튀어 나와 떡 버티고 서서 강첨지가 핥아 먹을 듯이 애지중지하는 차를 들입다 받아버린 것도 괘씸해서 마구 소리를 질러댔습니다.

그런데 선덕여왕은 미끄러진 바퀴 자국과 대문 기둥을 오가며 갸웃갸웃 살피더니 실실 웃기 시작하는 겁니다.

"뭐가 좋아서 웃어?"

"참 신기하네. 이 넓은데서 어떻게 하면 저걸 들이받 을까?"

"미끄러졌으니 받았지!"

"그런데 자기가 자기 차로 자기 집을 받고 왜 나한테 화내는 거지?"

"뭐?"

강첨지는 말이 탁 막히고 말았습니다. 선덕여왕이 다시 명치를 쥐어 지르는 소릴 합니다.

"우리 집은 정말 셀프 서비스 집이라니까. 자기가 자 기 차로 자기 집을 받다니!"

강첨지는 정말 아무 말도 할 수 없었습니다.

"에이씨! 이찌고뿌 가져와!"

"당신은 술 마실 핑계를 참 잘도 만드네요. 그렇지만 이럴 땐 조금 마시는 것도 괜찮죠. 우리 박첨지네 가서 술 얻어먹고 올까?"

강첨지는 집에서 화내고 있어 봤자 이미 엎어진 물인데 속만 끓일 것 같아서 못 이기는 체 선덕여왕과 함께 박첨지네 집으로 갔습니다.

"어서 와유."

"잘 왔슈."

박첨지 내외도 눈에 갇혀서 심심했던지 찾아 온 술친구를 반갑게 맞았습니다.

"여보!"

박첨지가 정순씨를 부릅니다.

"알았슈."

정순씨는 얼른 소반에 김치와 잔 네 개를 얹어 내 놓고 뒤란에 가서 설에 쓰려고 담은 술을 주전자가 철렁철렁하게 떠 왔습니다. 박첨지는 잔 넷에 찰랑찰랑 하게 술을 따릅니다. 네 사람은 잔을 들어 땡 부딪치고 쫙 마십니다.

"캬, 좋다."

"이번 술 잘 됐네."

"이 술은 딱 석 잔만 마시면 기가 막히게 좋은 술이
야."

강첨지는 또 그 석 잔 론을 주장하기 시작했습니다. 그
러나 그들은 상당히 취한 후에야 이구동성으로 세 주전
자는 좀 많다고 의견의 일치를 보고 세 번 째 주전자가
비자 그 날의 주연을 끝냈습니다.

"좋은 술 잘 먹고 가유."

강첨지와 선덕여왕이 흐막해서 작별 인사를 했습니다.

"안주가 시원찮아 죄송합니다."

박첨지는 양반의 후예답게 또 그 뼛골에 아로 새겨진
겸손을 떨며 대문 밖까지 배웅을 합니다.

어느새 눈이 그치고 군데군데 구름 터진 하늘에 별이
반짝반짝 빛나고 있었습니다.

강첨지와 선덕여왕은 발목이 푹푹 빠지는 눈을 밟으며

집을 향해 걸었습니다. 선덕여왕은 안 취한 척 몸을 빳빳이 펴고 똑바로 걷더니 갑자기 걸음을 멈추고 하늘을 가리켰습니다.

"강첨, 저것 봐!"

선덕여왕이 강첨지를 '강첨'이라고 줄여서 부르면 상당히 취했다는 뜻입니다.

"뭐?"

"카시오페이아가 술 취해서 눈에 미끄러졌나 봐 쫙 뻗었어. 아하하하……"

"너나 쫙 뻗지 마라. 너 또 웃어대는 거 보니 상당히 취했구나."

강첨지는 마누라가 해롱거리는 걸 보니 자동차 찌그러진 것이랑 대문 기둥 부러진 것이 뭐 대수냐, 고치면 되지 하고 마음이 흐물흐물해졌습니다.

"아하하하……"

선덕여왕이 깔깔 웃어 대다가 눈에 미끄러져 둔한 엉덩

이로 땅을 쿵 울리고 말았습니다.

"이런, 내 이럴 줄 알았다니까. 괜찮어?"

"강첨, 저것 봐!"

선덕여왕이 눈에 앉은 채 일어 설 생각을 않고 돌곶재 아랫길을 가리켰습니다. 눈이 하얗게 쌓여 있는 후미진 산 아랫길에 승용차 하나가 전조등을 끈 채 고요히 멈춰 서 있었습니다.

"저거 개도둑 아냐?"

"개도둑이 승용차로 다니냐?"

"그래, 봉례 아버지가 개도둑은 트럭으로 다닌다고 했어. 그럼 개도둑은 아니네."

선덕여왕이 안 취한 척 하려고 꼬이려는 혓바닥을 빳빳이 펴고 또박또박 말합니다.

"궁뎅이 젖어. 빨리 일어나."

"그래, 일어나 줄게. 근데 말이야. 저 차 수상해."

"뭐가?"

"백설이 만곤건한 한밤 중에 인가도 없는 저기 왜 서
있지?"

"가서 물어 볼까?"

"그래, 물어 보자. 아하하하하……"

그 때, 돌곶재 쪽에서 섬짓한 소리가 들렸습니다.

"팡!"

두 사람은 정신이 확 들었습니다.

"밀렵꾼이다!"

"신고하자!"

두 사람은 허둥지둥 집으로 뛰었습니다. 그런데 그들이
집 마당에 올라섰을 때 그 차가 쌩하니 마을을 빠져 나
가는 것이 보였습니다.

"분하다!"

"나쁜 놈들 마을 안에서 총질하다니!"

이튿날 아침도 눈은 부실부실 내리고 있었습니다.

강첨지와 선덕은 눈을 맞으며 새벽 산책을 나섰습니다. 강첨지는 대문을 나서다가 부러진 기둥을 보니 속이 쓰렸습니다. 그러나 눈 내리는 소리를 들으며 하얀 눈을 뽀드득뽀드득 밟으니 시름이 사라집니다. 앞을 바라보면 나비가 나풀나풀 날아오는 것 같고, 하늘을 쳐다보면 영화에서 보았던 것처럼 까만 메뚜기 떼가 펄펄 날아다니는 것 같은 눈이 사삭사삭사삭 가늘고 연한 소리를 내면서 쌓인 위에 쌓이고 또 쌓입니다.

"당신은 눈 오면 무슨 생각 나?"

"길 미끄럽겠다는 생각나지."

"아이구 멋대가리 하구……"

"저것 봐. 길 미끄러워서 차가 숫제 기잖아."

강첨지가 둑길을 살살 기어 가는 차를 가리켰습니다.

"어, 저거 어제 그 차다!"

"무슨 차?"

"저 차가 어제 낮에도 저렇게 살금살금 기어다녔

어.”

　“수상한데……”

그 승용차는 조금 가다 서고, 또 조금 가다 서고 하더니 박씨네 논 께에 서더니 창으로 삐죽한 걸 내밀었습니다.

　“팡!”

총소리가 고요한 새벽 공기를 찢었습니다. 그러자 논바닥에서 까치며 비둘기들이 일시에 떠올라 허둥지둥 날아 갔습니다. 이어서 자동차 문이 열리고 어떤 사내가 논두렁으로 뛰어 내렸습니다.

　“야, 밀렵꾼 놈아!”

강첨지가 큰 소리로 호통을 쳤습니다. 그러자 사내는 주춤 하더니 차를 타고 쌩하니 달아나 버렸습니다.

　“저 놈이 어제 그놈 아녀?”

　“낮에 사냥감 있나 망봐 놨다가 밤에 와서 총질하는
　　모양이야.”

"눈이 오니까 별 시시한 놈들이 다 마을로 기어드네."

"마을 한가운데서 총질하다 사람 다치면 어쩌지?"
기분 나쁜 화약 냄새가 바람을 타고 논을 건너 그들이 있는 곳으로 날아왔습니다. 그 때 그들 머리 위로 휙휙 지나가는 것이 있었습니다. 쳐다보니 산으로 도망갔던 까치들이 휙휙 날아와 논두렁으로 가고 있었습니다. 한 마리, 두 마리, 세 마리…… 열 마리 스무 마리…… 셀 수 없이 많은 까치들이 논으로 날아가 앉았습니다. 어느새 논은 까치들로 까맣게 뒤덮였습니다.

깍깍깍깍…… 까치들은 어떤 지점을 스치듯 날아 그 옆에 내려앉고 앉고 하면서 여느 때와 달리 높고 날카로운 소리로 우짖었습니다.

"저 놈들이 뭐 하는 거지?"

"가 볼까?"

"좀 무서운데……"

강첨지와 선덕은 천천히 걸어 박 첨지네 논 가에 가서 까치들이 앉으락 나르락 하는 곳을 바라보았습니다.

"아, 저런!"

"세상에!"

까치들이 스치듯 나르는 곳엔 까치 깃털 몇 개가 흩어져 있고, 새하얀 눈에 금방 흘린 피가 빨갛게 물들어 있었습니다. 까치들은 그 핏자국을 둥그렇게 둘러 싸고 앉아서 소리 높여 우짖고 있었습니다. 그 소리는 마치 총에 맞아 잡혀간 친구를 위해 소리 높여 통곡하는 것도 같고, 인간의 만행을 소리 높여 규탄하는 것 같기도 하고, 울며 하느님께 고해 바치고 있는 것 같기도 했습니다.

"까치 장례식인가 봐."

"누가 저것들을 미물이라고 했는지……"

강첨지와 선덕은 땅에 발이 붙은 듯 그 자리를 떠날 수 없었습니다.

"새벽버텀 뭘 보고 있는 겨?"

부지런한 최통장이 동네 순찰하러 올라오며 물었습니다.

"사람이 동물만 못헌 거 보고 있슈."

강첨지가 시무룩한 소리로 대답했습니다.

까치들이 장례식을 끝냈는지 갑자기 울음을 그치고 휙휙 날아갔습니다.

"까치가 새벽버텀 뭔 지랄이랴. 저것덜 땜이 콩 모종 절단 난 것 생각헌께 이가 갈리네. 참말루……"

최통장이 날아 가는 까치들을 보며 허허 웃었습니다.

눈이 점점 굵어지며 속도를 더해갔습니다. 논두렁에 떨어진 깃털도, 빨간 핏자국도 하얗게, 새하얗게 지워져 가고 무릉리도 쏟아져 내리는 눈 속에 아련히 멀어져 갔습니다.

진실

진실도 거짓도 없는 밤은
점점 깊어만 가고 그들의 혀는 점점 꼬부라져 가고
그리고 하늘에선 별들이
사정없이 반짝이고 있었습니다

진실

양뜸 끝자락에 홀로 뚝 떨어져서 산밑에 납작 엎드려 있는 외딴 집에 노인 부부가 살고 있습니다. 그 집은 강첨지네 집에서 서쪽으로 논과 개울을 건너 빤히 바라보이는데 해 질 무렵이면 추녀 끝에 전등을 하나 켜놓습니다. 그 불빛은 쓸쓸하고 온기 없어 보이는 그 집에도 사람이 살아 있다는 징표처럼 밤새도록 별처럼 빛납니다. 선덕여왕은 저녁식탁에 앉아 강첨지 왼쪽 어깨 너머로 그 전깃불을 바라보면서 '오늘도 할머니의 샛별이 떴구나.' 하고 중얼거리곤 했습니다.

그런데 며칠 전부터 그 집 추녀에 불이 켜지지 않았습니다. 처음엔 무심히 보았는데 이튿날도, 그리고 또 그다음 날도 불이 켜지지 않으니 괜히 궁금했습니다.

"저 댁 노인네들이 어디 편찮으신가?"

저녁을 먹으며 선덕여왕이 중얼거렸습니다.

"왜?"

"며칠째 불이 안 켜져요."

"전기가 아까우신게지."

"그런가?"

그 다음날, 강 첨지가 출근하는데 안개 자욱한 냇둑 길에 아주머니 한 분이 부지런히 걷고 있었습니다. 강 첨지는 차를 세우고 물었습니다.

"아주머니 어디 가세요?"

"이, 나 시내 가유."

아주머니는 반갑게 웃었습니다. 동네가 외진데다가 사

는 사람도 많지 않아서 그런지 시내버스가 마을 안으로
는 하루에 두 번밖에 들어오지 않아서 집집마다 자가용
을 두고 사는데 그 것도 젊은이들이 타고 나가버리면
늙은이들은 이렇게 버스가 다니는 큰길까지 걸어나가
서 시내버스를 타거나, 아니면 전화로 택시를 불러 타
고 볼일을 보러갑니다.

"타세요."

"미안해서 워쪄?"

"미안하긴요. 저도 시내 나가는 길인데요. 어디 가세
 요?"

"공주 의료원 가유."

"어디 아프세요?"

"난 안 아퍼유. 외딴집 노인네가 입원했대유. 그래서
 디려다 보러 가는 거유."

"할머니요? 할아버지요?"

"안노인유. 다리가 부러졌대유."

"저런, 어쩌다 그러셨대요?"

"미끄러졌다나…… 그렇지만 누가 건딜지는 않았을
규. 아마 넘어져두 혼자 넘어져서 다쳤을규. 그 승
질을 누가 건드렸겠슈. 문병 안가고 싶어두 그랬다
가 퇴원하면 두고두고 말들을 것 같아 헐 수 음씨
가는 거유."

아주머니는 이렇게 퉁명스럽게 말하는 것이었습니다.

무릉리는 세 성씨가 한 동네씩 차지하고 사는 씨족마을
이라 강첨지네만 빼놓고 마을 사람들이 다 뺑뺑 돌아가
며 집안입니다. 그러니 마을에서 누가 아프면 좋든 싫
든 다 문병을 가는데 만일 누가 문병을 가지 않으면 일
가끼리 그럴 수 있느냐는 말을 듣는 모양입니다.

봄이 오려고 그러는지 강 안개가 무럭무럭 피어 올라
강변 길을 이리저리 돌아 다니고 있었습니다.

그 날 저녁도 선덕여왕은 식탁에 앉아 강첨지 왼쪽 어

깨 넘어 외딴집을 바라보더니

"할머니네 샛별이 오늘도 안 떴네."

하고 중얼거렸습니다.

"응, 그 할머니 병원에 입원하셨대."

"그래요? 어디가 편찮으시대요?"

"다리가 부러지셨대."

"저런, 어쩌다가요?"

"미끄러지셨대."

"이번 겨울에 눈이 많이 와서 다친 사람이 많다더
니……"

"눈이 여간 많이 왔어야지……"

그리하여 할머니의 샛별은 여러 날 꺼져 있었고 강첨지
도 선덕여왕도 그 할머니의 일은 잊고 있었습니다.

며칠 후, 강첨지는 퇴근길에 마을로 걸어 들어오는 동
네 아주머니를 태웠습니다.

"아이구, 이거 맨날 얻어 타서 미안해서 워쩐대유?"
그녀는 반가워하며 인사를 했습니다. 사람 좋은 강첨지도 푸근하니 인사를 합니다.

"벨 소릴 다 허셔유. 시내 나갔다 오세요?"

"예, 공주 의료원에 좀 갔다 와유."

"아, 외딴집 할머니 문병 다녀오세유?"

"문병유? 아네유. 그니는 대전 큰 병원으로 갔슈. 나는 접때 눈에 미끄러져서 팔을 콱 짚었는디 뼈에 금이 갔대유. 그래서 겨우내 병원 다녀유. 에이, 징그러 죽겠슈."

"눈 때문에 욕보시네유. 그 외딴집 할머니도 눈에 미끄러지셨다죠?"

"아녜유. 그니는 눈에 미끄러져서 다친게 아니고 승질이 고약해서 다쳤슈."

"예?"

"개 목욕시킨다고 야단을 치다가 그랬다네유."

"예?"

"글씨, 아들네 집이 갔다가, 참. 옥상에서 개를 기르는디. 냄새가 나구 그랬으니께 그런 모양이유. 아들이 개를 목욕을 시켰대유. 그러니께 목욕시키지 말라구 아들 멱살을 잡고 대롱대롱 매달리고 난리를 쳤대유. 그러니께 아들이 다치라구 그랬겠슈? 하두 멱살잡고 덤비니께 좀 그러지 말라고 밀었던게비유. 그래서 아래층이루 떨어졌대나 봐유."

"옥상에서 아래층으로 떨어졌어요?"

"그랬다나봐유. 개 목욕시키면 깨끗하고 좋지 멱살은 왜 잡아유. 개가 안 죽으면 됐지. 아들 멱살은 왜 잡고 그 난리냔 말이유. 그니는 성질이 고약해서 쓸데 읎는 참견해서니 아들 괴롭히고 저 다치고 그런 규우. 옥상이서 떨어져서 죽지 않은 게 천행이지유. 아이구, 나 여기서 내려 줘유. 잘 타구 왔어유. 번번이 폐만끼쳐서 미안혀유."

강첨지는 참으려해도 웃음이 절로 터져나왔다.

으흐흐흐흐…… 히히 우하하하……

참을 수 없는 웃음의 가벼움이여! 강첨지는 아주머니의 인사에 변변히 답례도 못하고 자동차 안에 웃음을 가득 아 놓으면서 집으로 들어갔습니다.

선덕여왕이 납작한 개똥모자를 쓰고 마당에 나와 수북히 얼어 붙어 있는 개똥을 삽으로 떠다가 감나무며 밤나무 아래다 놓으며 강첨지가 들어오자 냉큼 이렇게 말하는 것이었습니다.

　"당신은 감이나 밤을 먹는 줄 알지만 사실은 개똥을 먹는 거야."

　"거 참 입맛 나는 소리하네. 그런데 내가 지금 무슨 얘기 듣고 왔는지 알아?"

　"표정 보니 아주 재미있는 얘기 듣고 온 것 같은데?"

　"맞았어."

강첨지는 방금 아주머니에게서 들은 이야기를 선덕여
왕에게 해 주었습니다.

"와하하하……."

선덕여왕은 가뜩이나 큰 입을 더 크게 벌리고 개똥 묻
은 삽에 몸을 의지하며 허리를 꺾고 웃습니다.

"참 재미있다. 나 이거 글로 써서 이번 회지에 내야
지."

"당신은 재미있는 얘기만 들으면 글로 쓴다면서 정
말 쓴 거 못 봤다."

"걱정 마. 이번엔 꼭 쓸 거야."

선덕여왕은 몹시 재미있어 하면서 얼른 방으로 들어가
더니 수첩을 꺼내 메모를 하기 시작했습니다. 그녀는
작가답게 재미있는 얘기나 신기한 얘기는 글 소재로 삼
으려고 수첩에 메모를 하곤 합니다. 하지만 강첨지는
아직 그 수첩에 있는 이야기들을 가지고 무슨 글을 쓴
걸 본 적은 없습니다.

왜냐하면 그녀는 글을 쓰려고 앉으면 괜히 여기 저기가 가렵고, 한숨이 푹푹 나오고, 신경질이 더럭더럭 나고, 금방 마신 커피가 또 마시고 싶고, 서성거리고 싶고, 친구에게 전화하고 싶고, 머리 속이 근질근질하고 그래서 그런 저런 문제를 다 해결하다 보면 글쓰기는 어느새 뒷전이 되고 맙니다. 그래도 그녀는 언젠가는 반드시 쓰고야 말겠다는 야무진 결심을 하고 이렇게 글 소재들을 메모하곤 합니다.

며칠 뒤, 강첨지는 출근길에 또 한 떼의 아주머니들을 태웠습니다. 그 날은 공주 장날이라 장보러 가는 아주머니들이 시내버스를 타려고 큰길 버스 정류소에 모여 있다가 강첨지가 차를 세우자 우루루 타면서 승용차 정원이 넘쳐서 타지 못한 동료들에게 손을 흔들었습니다.

　"미안해서 워쪄?"

　"우리 먼첨 가유."

"거기서 만나유."

타지 못한 아주머니들도 손을 흔들었습니다.

"괜찮아유."

"먼첨 가유."

"거기서 만나유."

그녀들은 어딘가를 약속하고 가는 모양이었습니다.

"어딜 같이 가시는 모양이군요."

"예. 장 보구 모여서 짜장면 사 먹기로 했시유."

"좋으시겠네요."

"그게 장날 재미지유 뭐."

"그람유, 장날마다 돌아가면서 한턱씩 내기루 했슈."

그녀들은 짜장면 사는 순서를 정하고 장날마다 별 일 없어도 공주에 나가서 장구경을 하고 점심을 먹고 온다고 했습니다. 문득 강첨지는 우리 선덕여왕이도 괜히 여왕이네 작갑네 하고 무게잡고 앉았지 말고 이런 모임에나 끼어서 장 보러도 가고 짜장면도 사 먹으러 가고 했으면 좋겠다고 생각해 봅니다. 그러나 선덕여왕이 이런 모임에 끼면 그녀들이 거북해서 안 될 겁니다. 왜냐하면 선덕여왕은 그녀들이 아는 모든 일에 무식하고 그녀들은 선덕여왕이 하는 일들에 괜히 주눅이 들 겁니다. 선덕여왕은 그녀들이 일찍기 만나 본 적 없는 특정 직업인(작가)이기 때문입니다. 사실 알고 보면 글은 별로 쓰지 않고 글쓰는 폼만 잡는 작가지만 그녀들은 작가란 말만 들어도 어딘가 자기들하고 별개의 세계사람만 같아서 가까이 하고 싶은 생각이 없습니다. 이리하여 선덕여왕은 동네 여자들에게 왕따를 당하고 있지만 그녀는 또 그녀 나름대로 동네 사람들을 왕따시키고 있는 겁니다. 그리하여 그녀들은 서로 존중하기는 해도 어울리지는 않습니다.

  "외딴집 할머니는 언제 퇴원하시나요?"

강첨지가 물었습니다.

"그니가 퇴원한지가 언젠 데유."

"그람유. 발써 퇴원했어유."

"집엔 안 계신 것 같던데 아드님 댁에 가셨나요?"

"그니가 아들이 어딨어유."

"예?"

강첨지는 개 목욕시키는 아들 멱살을 잡았다가 다쳤다는 이야기는 어떻게 된 이야기냐고 묻고 싶었습니다. 그러나 그가 물을 세 없이 그녀들은 그가 듣고 싶은 이야기들을 왁자하게 쏟아 놓았습니다.

"그니는 자식은 한나두 낳은 적 읍시유."

"허지만 영감 자식두 자식은 자식이잖여."

"영감 자식덜이 그니를 엄니루 알기나 허간?"

"그려, 즈 엄니가 그니 땜이 죽었으니께."

"자석덜 어렸을 때 여간 모질게 했어야지."

"승질이 그런께 누가 좋아혀."

"서루 왕래두 없이 지냈는디 뭔 일루 거기 갔었어?"

"그려. 그니는 오래두 안 갔을 거구. 영감 아들덜이
   오라구두 않지."

"그 승질을 워떡케 감당헐라구 오라혀."

"암만, 조꼼만 친절하게 받아주면 착 달라붙어
   서…… 아이구 징그러. 내가 전에 그랬잖여……"

그녀는 전에 외딴집 노인에게 약간의 친절을 베풀었다
가 호되게 당했던 이야기를 장황하게 늘어놓자, 차안에
가득 탄 아주머니들이 요란하게 맞장구를 치면서 저마
다 자기들이 경험한 그 노인의 괴팍한 성미에 대해서
한 마디씩 덧붙이며 맞장구를 쳤습니다.

강첨지는 혼란스러웠습니다. 그럼 옥상에서 개 목욕을
시킨 사람은 누구고, 그녀에게 멱살 잡혔던 사람은 누
구란 말인가? 대체 그녀를 밀어서 다리를 부러뜨린 사
람은 누구란 말인가? 그런데 그녀가 정말 다리가 부러
지긴 한 건가?

그로부터 아주 여러 날이 지나서 강첨지가 궁금하게 여기던 일이 다 잊혀졌을 때 갑자기 외딴 집 추녀에 다시 전깃불이 켜졌습니다.

"어, 할머니의 샛별이 켜졌네."

저녁을 먹다가 선덕여왕이 수저를 멈추고 강첨지의 어깨너머를 건너다보면서 말했습니다. 돌아보니 산 너머 오두막은 어둠에 잠겨 보이지 않고 불빛만 커다란 별처럼 반짝이고 있었습니다.

그 때 마침 봉네 아버지가 저녁 마실을 왔습니다.

"저 건너 할머니가 오셨네."

"왔겠지유."

봉네 아버지는 관심 없다는 투로 대답했습니다.

"미끄러졌다지요?"

"그랬지유."

"아들이 떠밀었다면서요?"

"아들은 무신……."

"그럼 혼자 넘어졌나요?"

"저 노인이 혼자 넘어져유? 허!"

"그럼 어쩌다 넘어졌어요?"

"성질이 고약해서 넘어졌지유. 아이구 넘이야 넘어
지든 씨러지든 암 상관 없시유."

봉네 아버지도 고개를 젓고 가버렸습니다.

강첨지는 더욱 아리송해 도무지 종잡을 수 없었습니다.
온 동네 사람들이 모두 한 통속이 되어 자기 한 사람을
속이고 있는 것 같았습니다. 그런데 선덕여왕이 실실
웃기 시작했습니다. 그녀도 자기가 모르는 뭔가를 알고
있는 눈치였습니다.

"대체 저 할머니의 사고에 관한 진실은 뭐야? 당신
은 알고 있지?"

"알려고 하지마요."

"뭔데?"

강 첨지는 괜히 몸달아 선덕여왕에게 바싹 다가 앉았습

니다.

"뭘 그리 알려고 하세요?"

"꼭 알아야 할 필요는 없지만 궁금해. 사람들은 왜
한결같이 진실을 말하지 않는 거지? 난 그것이 궁
금해. 왜 모두들 말이 다른 거야? 내가 알면 큰 일
나는 무슨 까닭이라도 있는 거야?"

말을 하고 보니 이 마을에서 진실을 모르는 사람은 자
기 한 사람 뿐이고, 자기는 온 마을 사람들로부터 왕따
를 당하고 있다는 비참한 생각까지도 드는 것이었습니
다.

"사실 나도 오늘 들은 건데. 저 할머니를 다치게 한
사람은 팔촌 동생이래요. 저 할머니 팔촌 동생이 술
마시다가 할머니 흉을 봤대요. 그걸 저 할머니가 지
나가다가 듣고 멱살을 잡았다는 거예요. 그러자 잡
힌 멱살을 뿌리쳤는데 노인네가 맥이 없으니 넘어
져서 다쳤다는 거예요."

"그럼 그렇다고 하지 왜 모두들 소설을 쓴 거지? 왜 사람들은 하나같이 나에게 진실을 말하지 않은 거야?"

"그건 나름대로 가해자를 보호하려고 그런 거예요."

"뭐?"

"이 동네는 세 성씨가 한 마을씩 차지하고 은근히 라이벌 의식을 가지고 살고 있는데 팔촌 동생이 누나의 다리를 부러뜨렸다고 해 보세요. 그럼 다른 집안 사람들이 그 집안 꼬라지 좋구나 하고 비아냥거릴 거 아니예요."

"그래서 연막 전술을 쓴 거야?"

"그것도 있고…… 이 사실을 경찰이 알면 가해자는 폭행치상으로 형사입건이 되거든요. 집안 사람을 형사입건 되게 할 수는 없잖아요. 그래서 저 할머니가 병원에서 퇴원하시자 경찰이 눈치채지 않게 하려고 집안 사람들이 한동안 어디론가 피신을 시켰던 모양이예요.”

“헛 참!”

강 첨지는 실소가 피식 나왔습니다. 순박한 아주머니들의 깜찍한 거짓말에 감쪽같이 속은 것이 어이가 없었습니다.

“모든 것이 다 거짓말이었다고? 허헛참.”

“모두 다 거짓말은 아니죠. 최소한 할머니가 성질이 고약하다는 것과 다리가 부러졌다는 것만은 진실이 잖아요.”

“그렇긴 하군.”

“그리고 또 한 가지 진실은 우리는 이 동네의 이방인 이라는 것!”

“그렇군.”

그렇게 말하고 보니 강 첨지와 선덕은 마음이 씁쓸해졌습니다.

“우리 괜히 이 동네다 집 지었나봐.”

"아냐. 지나치게 끈적끈적 뭉쳐 사는 것보다 이 정도
거리를 두고 사는 것이 더 편해."
"맞아. 나도 끈적거리는 건 딱 질색이야."

말은 그렇게 하면서도 두 사람은 소싯 적에 떠나버린
고향을 생각했습니다. 하지만 이제 돌아가기엔 너무 멀
리 와버렸습니다. 그들은 고향생각 따위는 사정없이 흔
들어 버렸습니다.
"사는 데가 고향이지 뭐."
"맞아. 여길 고향으로 만들어버리는 거야."
갑자기 개가 요란하게 짖었습니다. 내다보니 박 첨지가
무얼 들고 들어옵니다.
"저녁 잡쉈슈?"
"예. 뭘 들고 오세요?"
"첫 번 뜬 거 같이 맛 볼라고 가져왔슈."
PT병에 가득 담은 동동주였습니다.

"우리 식구는 다른 음식도 잘 하지만 이거 담는 솜씨
는 일품이라니께요."

"그럼 혼자 오시면 어떡해요?"

"아이구 내가 혼자 올 리 있습니까? 꼬맹이 따돌리
고 올 겁니다."

조금 있으니 또 개가 요란하게 짖고, 정순씨가 싱글싱
글 웃으며 들어섰습니다.

"개밥 토끼밥 주러 간다고 나와서 일루 냅다 뛰었지
유. 하하하……"

네 사람은 정순씨가 성공적으로 손녀를 따돌린 걸 축하
하면서 박 첨지네가 가져온 동동주 잔을 소리나게 부딪
쳤습니다.

술잔은 신나게 돌고. 네 사람의 목소리는 점점 높아 갑
니다. 갑자기 정순씨가 잔을 들고 큰 소리로 외칩니다.

"우리 더도 말고 덜도 말고 죽을 때까지 이렇게 삽시
다!"

"그럽시다!"

"더 친하지도 말고 덜 친하지도 말고 이렇게 삽시
　다!"

"그럽시다!"

"더 건강하지도 말고 덜 건강하지도 말고 이렇게 삽
　시다!"

"그럽시다!"

"더 늙지도 말고 덜 늙지도 말고 이렇게 삽시다!"

"그럽시다!"

진실도 거짓도 없는 밤은 점점 깊어만 가고 그들의 혀
는 점점 꼬부라져 가고 그리고 하늘에선 별들이 사정없
이 반짝이고 있었습니다.

에필로그

에필로그

무릉동은 마을 앞으로 금강이 출렁출렁 흐르고 야트막
한 산이 마을을 빙 둘러 감싸고 있는데 마을 가운데로
흐르는 조그만 개울을 사이에 두고 동쪽 서쪽 산자락에
야트막한 집들이 옹기종기 어깨를 대고 앉아 있습니다.
요즘도 촌로들은 '무른들'이라고 부르는 이 마을에 예
전엔 금강에서 나룻배가 드나들었고 홍수가 나면 온통
물바다가 되어서 '무른들'이 되지 않았을까 싶습니다.
마을 이름이 무릉이요, 마을 한가운데를 흐르는 개울은
무릉천, 개울가에 앉아 있는 커다란 바위는 와룡암이고

마을 복판에 엄청나게 큰 느티나무가 점잖게 서서 넉넉한 그늘을 드리우고 있는 걸 보면 이 조그만 마을이 풍류를 즐기던 선비가 살았으리란 걸 느낄 수 있습니다. 마을 이름이 마음에 든다는 딱 한 가지 이유로 내 나이 50이 슬쩍 넘어 연고가 전혀 없는 이 마을에 걸음을 멈추고 조그만 집을 지었습니다. 여기서 새로 사귄 친구들과 개울에서 얼개미로 고기 잡고, 마당에서 돼지고기 구워 소주 마시고, 채소와 꽃나무 자라는 모습을 보고, 밤이면 쏟아질 듯 반짝이는 별을 바라보며 예전에 읽지 못했던 책도 읽고 그림도 그리면서 느릿느릿 살고 있고요. 그러면서 비로소 내가 그동안 얼마나 바쁘게, 그리고 힘겹게 살았는가를 알게 되었습니다. 남들은 늙는 것이 싫다고 하지만 나는 이렇게 열심히 일하지 않아도 되고 치열하고 예리하지 않아도 되는 이 늙음이 좋습니다. 그리고 나와 비슷하게 늙은이들이 많은 이 동네에서 자연과 더불어 편안히 늙어갈 수 있는 것도 좋습니다.

이젠 예전처럼 죽기 살기로 쓰지는 않지만 그래도 글 쓰던 사람이다 보니 내가 사는 모습을 소설의 형식을 빌어 썼습니다. 한국여성문학인회에서 만들어 준 홈페이지에 내 근황을 궁금해 하는 친지와 주변사람들에게 보내는 편지처럼 올려 놓았는데 '함께읽는책'에서 보시고 책으로 만들겠다고 찾아오셨습니다.

문득 자신들 생활 속으로 비집고 들어온 나를 이웃으로 받아 주고 다정하게 대해 주는 무릉리 이웃 분들께 감사 드리며 무릉리 이야기가 한 권의 책으로 태어나게 해 주신 '함께읽는책'에 감사를 드립니다.

2003년 11월

무릉리에서 김 숙 희

지은이 **김 숙 희**

공주 무릉동. 마을 앞으로 금강이 출렁출렁 흐르고 야트막한 산이 마을을 빙 둘러
감싸고 있는 그곳, 마을 가운데로 흐르는 조그만 개울을 사이에 두고 동쪽 서쪽 산
자락에 야트막한 집들이 옹기종기 어깨를 대고 앉아있는 그곳에서 살고 계십니다.

교육방송 드라마 당선과 함께 계몽아동문학상 , 한국 아동문학 작가상 수상, 교육방
송 '오늘의 명상' '어린이 극장' 등을 집필을 하셨습니다. 저서로는 「별 일 없었어요」
「열세 살의 비밀 일기」「씨큐 응답하라 오버」「보름달 도둑」등 다수가 있습니다.

무릉리 이야기

초판 인쇄 2003년 11월 27일
초판 발행 2003년 12월 9일

지은이 | 김숙희

펴낸이 | 김영호
펴낸곳 | 함께읽는책

주 소 | 서울시 관악구 신림1동 1631-19 평희빌딩 2층
전 화 | 02-852-7845
팩 스 | 02-839-7846

값 7,000원
ISBN 89-90369-22-3 03810